獻給我美好的奶奶克蘿絲

♥ IREAD

奶奶臉上的皺紋

文　　　圖	西蒙娜・希洛羅
譯　　　者	黃筱茵
責任編輯	郭心蘭
美術編輯	黃顯喬

發 行 人	劉振強
出 版 者	三民書局股份有限公司
地　　址	臺北市復興北路 386 號 (復北門市)
	臺北市重慶南路一段 61 號 (重南門市)
電　　話	(02)25006600
網　　址	三民網路書店 https://www.sanmin.com.tw

出版日期	初版一刷 2017 年 5 月
	初版三刷 2022 年 4 月
書籍編號	S858251
I S B N	978-957-14-6289-9

Originally published in the English language as
THE LINES ON NANA'S FACE © Flying Eye Books 2016
Text and illustrations © Simona Ciraolo

This edition is published by arrangement with Flying Eye Books.
Chinese translation right © 2017 San Min Book Co., Ltd

小山丘官網

奶奶臉上的皺紋

西蒙娜・希洛羅／文圖　　黃筱茵／譯

山 小山丘

今天是奶奶的生日！我知道她很開心，
因為她喜歡我們大家都聚在一起。

可是有時候她看起來好像
有點難過，有點開心，
還有一點點煩惱，
所有的心情同時出現在她臉上。

我問奶奶為什麼會這樣，
她說可能是因為她臉上的皺紋吧！

奶奶，你會介意這些皺紋嗎？」我問。

「一點都不會。」她說。

「你知道嗎，我就是把回憶
保存在這些皺紋裡！」

不可能吧。

這麼小的一條線怎麼可能
有足夠的空間保存回憶呢？

我決定要考考奶奶。

「奶奶，你這裡保存了什麼？」

「這是某個初春的早上，
我解開了一個偉大的謎題。」

「那ㄋㄚˋ這ㄓㄜˋ個ㄍㄜˋ呢ㄋㄜˋ？」

「這是我人生中最棒的海邊野餐。」

「這些呢？」

「喔，這些是我遇見你爺爺那個晚上的回憶。」

「這些小小的皺紋裡
有什麼回憶？」

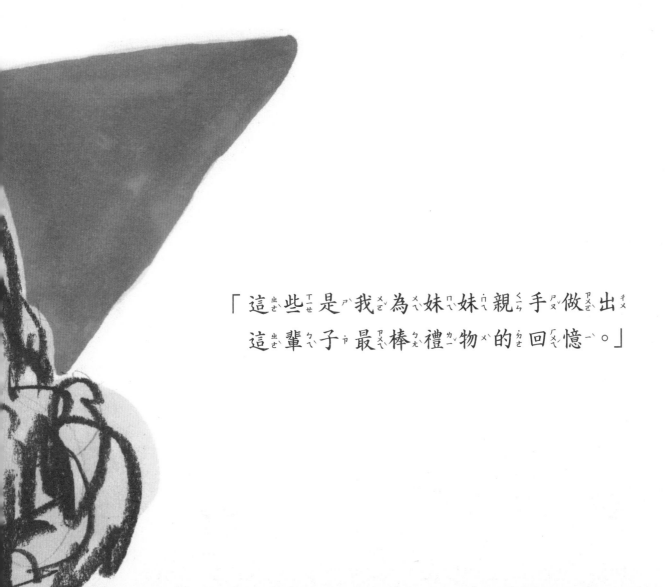

「這些是我為妹妹親手做出
這輩子最棒禮物的回憶。」

「那裡呢？」

「那是我第一次必須說再見的回憶。」

「奶奶！你還記得第一次見到我的時候嗎？」

「記ㄐㄧˋ得ㄉㄜ啊ㄚ！那ㄋㄚˋ個ㄍㄜ回ㄏㄨㄟˊ憶ㄧˋ就ㄐㄧㄡ在ㄗㄞˋ這ㄓㄜˋ裡ㄌㄧˇ。」